숨겨 둔 말

창 비
청소년
시 선
42

숨겨 둔 말

김현서 시집

창비

차
례

제1부

당한 거
갚아 준
거래

장난이라고

처음엔 가볍게 던진 말 한마디 그게 시작이었다 너무나 사소해서 뭐라고 할 수 없는 장난이었다 대수롭지 않게 넘긴 장난들은 점점 강도가 높아졌다

왜 그러냐고 하지 말라는 연주에게
민진이는 쳐다보는 게 기분 나쁘다며
눈 깔라고 어깨빵을 하며 지나갔다

민진이는 수시로 연주의 지갑을 탈탈 털어 갔다 돈이 없는 날에는 손을 쓸 수 없는 화풀이가 이어졌다 공원 화장실 뒤쪽으로 끌고 가 하지도 않은 뒷담화를 하고 다녔다며 뺨을 때리고 정강이를 걷어찼다

민진이는 온갖 트집을 잡아 괴롭혔지만 연주는 보복에 대한 두려움 때문에 누구한테도 털어놓지 못했다 자신을 옴짝달싹 못 하게 만드는 위력이라면 분명 엄마도 아빠도 어쩌지 못할 거라고 생각했다

중학교 2학년 때 내가 그랬던 것처럼

화가 날 때

세수를 한다 손만 대면 콸콸거리는 수도꼭지
수돗물은 왜 바닥만 보고 돌진할까?

세수를 한다 금이 간 거울
조각이 금방이라도 쏟아질 것 같을 때

세수를 한다 팅팅 불어 미끄덩대는 비누
비눗방울은 몇 개의 얼굴로 하수구를 빠져나갈까?

세수를 한다 수시로 젖었다 말랐다 하는 세면대
이유도 모를 화가 불쑥불쑥 치밀어 오를 때

아, 몰라 몰라

넌
사자가 가젤을 세워 놓고 으르렁거리는 걸
대화라고 생각하니?

넌
임팔라를 잡아먹은 악어의 눈물이
반성이라고 생각하니?

아, 몰라 몰라

그럼 넌
개구리가 뱀을 보고 웃는 게
반가움이라고 생각하니?

두고 보자, 이연주

연주 손에 들려 있던 쪽지가 바닥에 떨어진다

핏기가 사라진 얼굴로 휴대 전화를 꺼낸다 창문에 매달려 동영상을 찍는다 민진이가 경찰에게 잡혀가는 걸 찍는다 눈물로 얼룩진 연주가

한 번만 봐 달라고 했는데 계속 팼대
민진이가 중학교 때 애들한테 당한 거 분풀이한 거래

볼펜이 망가졌거나 샤프심이 떨어졌을 때 다음 날 문구점에서 사면 되듯 누군가는 떠들고 누군가는 입을 닫는다 습관처럼

가뜩이나 술렁대던 학교를 발칵 뒤집어 놓은 경찰차 사이렌처럼 일이 터지고 나서야 혼이 빠져 뛰어다니는 선생님처럼 쉽게 수습이 안되는 일이 종종 벌어진다

저녁이 깊어 간다

겨울 저녁이 교실 문을 밀고 들어온다 자몽빛 숄더백을
어깨에 메고

우리 반 꼴통처럼 내 옆에 다리를 꼬고 앉는다 어깨를
으쓱대며 거들먹거리는 것도 잊지 않는다

확 밟아 주고 싶은 충동을 느낀다

저녁은 꼬고 있던 다리를 풀더니 내가 마시던 커피를 마
신다 텀블러 안에서 찰랑거리던 어둠을 마신다

펼쳐 놓은 문제집 위에 어둠이 떨어진다 한 방울 두 방
울 둥근 구멍을 만든다

확 찢어 버리고 싶은 충동을 느낀다

구멍에서 누군가 나를 엿보고 있다
똑바로 하고 있나 구멍마다 얼굴을 내밀고 나를 감시한다

나는 정말 문제아일까?

1

텅 빈 계단을 오른다 복도 끝에서 Wee클래스 선생님이
손짓한다 이곳을 드나드는 아이는 대략 네다섯! 톡 까놓고
곧이곧대로 말하는 애는 드물다 서로 만난 적은 없지만 대
충 눈치로 안다

2

성격 결손 부적응 우울… 선생님은 우리를 붙잡고 매일
문제점을 캐낸다 비밀로 할게 걱정 말고 말해! 그러나 비
밀은 순식간에 까발려지고 우리를 요주의 인물로 만든다
알 만한 사람은 다 아는 공공연한 비밀을 제공한 우리! 나
는 자극적인 행동을 하지 않기 위해 선생님 목에 두른 스
카프 줄무늬를 세며 시간을 때운다 하나 둘 셋 넷… 열…
열둘…

3

천장에서 따뜻한 불빛이 떨어진다 불빛을 툭 걷어차며
선생님은 다리를 꼬고 자세를 잡는다 깍지를 끼고 내게 가

시 돋친 주술을 건다 제자리로 돌려놓겠다는 말에 집 나간 엄마가 떠오른다 나는 자극적인 행동을 하지 않기 위해 선생님의 까딱거리는 오른쪽 발밑에 왼쪽 발이 밟고 있는 희미한 불빛을 본다

4

선생님이 고개를 흔들며 한숨을 쉰다 선생님이 문제구나라고 말하니 나는 또 문제아가 되는 것 같다 어항 밖으로 뛰쳐나와 물기가 점점 말라 가는 금붕어! 나는 정말 문제아일까? 나는 자극적인 행동을 하지 않기 위해 아무것도 묻지 않는다

무뚝뚝한 규율 아저씨

아저씨 손에 눌려
도마 위에 누워 있는 자연산 광어
거칠게 팔딱거린다

아저씨 손에 눌려
광어의 비늘이 벗겨진다
꼬리가 잘리고 지느러미가 잘린다

나 좀 내버려 두라고 몸부림쳐도
아저씨는 아랑곳하지 않는다

귀가 없는 아저씨 손은
거침없이 광어의 머리를 자르고
뼈와 살을 떼어 내며 노련한 손놀림을 이어 갈 뿐

광어는 아저씨 손아귀를 벗어나지 못한 채
떨어져 나간 자신의 살점을 바라본다

한 방울 한 방울
붉은 초장 같은 눈물을 흘리며

광어는 마지막 남은 힘을 모아
야들야들 팔딱댄다

타자를 대하는 방식

1977년 부산의 A 동물원에서 사자가 탈출했다. 철망을 부수고 숲으로 뛰쳐나간 사자는 지나가는 행인의 다리를 물어 중상을 입혔다. 동물원에서 비상사태를 알리는 다급한 방송이 흘러나왔다. 겁에 질린 인근 주민들은 죽기 살기로 도망쳤다. 출동한 무장 경찰이 잡목 사이에서 사자를 발견했다. 불과 5미터 앞이었지만 총은 쏘지 않았다. 경찰은 면밀하게 동태를 살피며 사육사에게 연락했다. 곧이어 도착한 사육사를 본 사자는 얌전하게 바닥에 엎드렸다. 사육사는 수면제를 넣은 닭고기를 먹여 사자를 동물원까지 무사히 옮겼다.

2018년 대전의 C 동물원에서 퓨마가 탈출했다. 사육사가 깜빡 잊고 문을 잠그지 않아 우리를 빠져나온 것이다. 동물원은 방송으로 비상사태를 알렸고, 수색대는 서둘러 인근 지역을 수색했다. 네 시간 뒤 숲에서 퓨마를 발견했다. 주위에는 아무도 없었다. 수색대는 퓨마를 생포하지 못할 경우 주민들에게 위협이 될 거라고 판단했다. 퓨마는 7미터나 떨어진 거리에 있었고 마취총도 있었지만 수색대는 총을 들었다. 수색대는 출동할 때부터 사살할 것을 염두에 두고 실탄을 장전했고, 발견 시 사살해도 좋다는 허가도 받은 상태였다. 사육사를 부른다는 계획은 없었다.

ZOOM

한 달 만에 줌
나란히 앉혀 놓고 줌
받고 싶지 않은데 줌
과목마다 꼬박꼬박
마카롱은 안 주고 스트레스만 연거푸 줌

부랴부랴 졸린 눈을 비비며
동굴 같은 화면 속
박쥐처럼 붙어 있는 피곤한 얼굴들

사각사각 사각 무늬로 오려
화면에 끼워 넣고 물끄러미 바라봐 줌

한 학기가 지나도
친해지지 않는 이름

사 놓고 한 번도 풀지 않은 문제집처럼
딱히 할 일도 없게 만드는 줌

선생님이 농담할 때만
와다글닥다글 웃음기를 보이다가

다시 혼자 우두커니
묻지도 듣지도 않는 줌

대충 때운 점심처럼 고 2의 시간을
설렁설렁 격리시켜 줌

그냥

더는 말을 하기 싫을 때
대충 얼버무리고 싶을 때
이러지도 저러지도 못하고 어정쩡하게 있을 때
그냥 그럴 때라고 하자

말꼬리 잡히기 싫을 때
시끄럽지 않고 귀찮지 않게
더는 찝쩍대지 않게
그냥이라고 답해 보자

마음이 팍팍해질 때
불안해진 내일이
한판 붙을 태세로 깐족깐족 다가올 때
학교고 뭐고 다 때려치우고 싶을 때
그냥 그럴 때도 있는 거라고 말해 두자

속에서 들끓고 있는 분노를
하품처럼 쏟아 내고 싶을 때

지금의 방황에 대해
누구의 탓도 하고 싶지 않을 때
힘없이 벽을 내리치듯
그냥이라고 하자
그냥 한번 해 보자

욕받이

호신이와 떡볶이를 먹는데
반톡방에 다른 반 예서 욕이 올라왔다
이쁜 척하고 다닌다며 재수 없다고

호신이는 나한테
그게 뭐 어때서 그게 욕먹을 일이야
그러면서도 욕을 올린다

같이 어울려 욕을 하지 않으면
다음 욕받이가 자기가 될까 봐
혼자 착한 척한다고 애들이 따돌릴까 봐

예서가 싫지 않은데도
욕을 퍼붓는다

욕을 하고 싶지 않은데도
습관처럼 욕을 퍼붓는다

뿌리의 힘

누구나 한때가 있다 살구꽃이 피는 것도 살구꽃이 지는 것도 살구가 달리는 것도 앙상한 가지로 추운 겨울을 견뎌 내는 것도 다 한때다

살구꽃 대신 자두꽃을 꿈꾸는 것도 벌이 날아오고 벌레가 꼬이고 강풍과 폭설에 시달리는 것도 말썽도 응석도 다 한때다

그러나 한때라고 생각하는 매 순간 살구나무 뿌리는 안간힘을 다해 흙을 붙잡고 있었겠지

제2부

왜 이렇게
늦게 왔어?

바빠서

부모님은 바쁘다 밤낮을 가리지 않고 바쁘다 바빠서 아침은 건너뛰고 매일 같은 소리를 하고 매일 같은 옷을 입고 매일 같은 가방을 들고 다니며 시치미를 뗀다

바빠서 이마를 탁! 치며 왔던 길을 되돌아가고 점심을 저녁으로 대신하고 시간에게 귀때기가 잡힌 채 이리저리 끌려다닌다

바빠서 능구렁이처럼 능글능글 계절이 왔다 가는지도 모르고 왜 나뭇잎이 붉으락푸르락하는지 바닥에 떨어진 나뭇잎은 왜 바스락 소리를 내며 으스러지는지 모른다

바빠서 대답이 나가기도 전에 이미 다른 말을 하고 바빠서 대강대강 웃고 대강대강 훑어보고 더는 묻지 않는다 바빠서 커피인지 간장인지 비가 오는지 밤이 오는지 척 봐도 이미 다 알고 있다는 듯

바빠서 내가 담배를 피우든 염색을 하든 가출을 하든 관

심 없다 이쯤 되면 각자 살아도 될 법한데 바빠서 그럴 겨
를이 없다

우리 가족

밖에서만 큰소리치는 너구리

밖에서만 활짝 피는 나팔꽃

밖에서만 조잘거리는 종달새

밖에서만 폴짝폴짝 뛰어다니는 개구리

집 안에 들어오면 각자 자기 방으로 들어가 문을 띡 잠
가 버린다

소원 풀이

아침부터 고양이 세 마리가 거실을 휘젓고 다녀
아빠 고양이 엄마 고양이 언니 고양이 야옹 야아아아옹!

찢어질 듯 머리를 쥐뜯는 울음소리 귀를 틀어막아도 소
용없어 콩콩 책상에 머리를 박아도 그때뿐이야

방문 너머로 '연애질' '그 주제에' '망신' '서울대' '중학
교 동창' 같은 말이 간간이 들려 아빠의 말이 언니 가슴을
나사못처럼 후벼 파겠지 번듯한 졸업장 없이도 고양이는
얼마든지 고양이! 고양이가 강아지 되는 일은 없지

방문에 붙어 엿듣는데 엄마의 한숨 소리가 피웅 — 피
웅 — 날아오는 것 같아

언니를 혼내고 나면 다음은 내 차례 "너도 언니처럼 안
되려면 똑바로 해!" 하겠지 불 보듯 뻔해 이럴 때가 아니다
싶어 얼른 책상에 앉아 조마조마 볼펜을 돌리다 생각을 놓
치고 생각을 놓치고

풀리지 않는 생명 과학 19번 문제를 보며 세상엔 답이 없는 문제도 있고 정답이라고 믿었던 게 정답이 아닐 수도 있지 내버려 두면 제풀에 꺾일 일을 여하튼 어른 고양이들은 별거 아닌 일을 큰일로 부풀리는 비상한 재주가 있어

빨간딱지

1

가구 다섯 채 그림 두 점 에어컨 냉장고 공기 청정기 내 노트북까지 빨간딱지가 붙어 있다 내 안에서 놀란 박쥐 떼가 금방이라도 튀어나올 것 같았는데 조용하다 밤이 와도 섬뜩하게 조용하다 나는 빨간딱지가 우리 집까지 오게 된 내력을 알지 못한다 다만 몰락이라는 말이 하루살이처럼 둥글게 모였다가 흔적 없이 흩어지길 바란다

2

사업이 망하고 아빠는 술만 마신다 빨간딱지가 쏟아 내는 냉기로 집 안은 살얼음판인데 나는 밥이 들어간다 숨이 막히는데 숨이 쉬어진다 돈이 떨어진 주머니를 채우려 눈치도 없이 손을 내민다 내 나이에는 자연스러운 일이라고 여기며 손을 내민다 아빠는 아무 말 없이 술을 마신다 자책을 따라 마시고 푸념을 따라 마시고 이상한 열기를 연거푸 따라 마시다 아무 말 없이 곯아떨어진다

도랑에 빠진 바퀴

　빨간딱지 대신 엄마가 집을 나갔다 맑은 콩나물국을 잔뜩 끓여 놓고 엄마가 집을 나갔다 술 좀 작작 마시라고 하루가 멀다 하고 아빠와 다투던 엄마가 집을 나갔다 엄마가 집을 나간 것보다 냉장고에 탄산음료가 떨어진 게 더 짜증난다 엄마의 삶에서 나는 뭘까? 도랑에 빠진 바퀴처럼 아침이 헛돌고 있다

좌절의 말맛

　가방이 나를 데리고 학교에 갔다가 학원에 갔다가 공원
을 배회하다 자정이 지난 방바닥에 털썩 주저앉는다 내 꿈
을 떠 올릴 부력이 사라져 가고 있다 천 개의 칼을 가진 세
상에서 버텨 내려면 천 개 이상의 좌절을 맛보아야 한다
좌절! 혀끝에 남아 있는 말맛이 싫다

숨겨 둔 말

집에 먹을 게 떨어졌다 이제 나는 배가 고프면 안 된다
집이 망했으니 크게 웃어도 안 된다 내 진로는 결정됐는데
선생님은 나를 불러 놓고 자꾸 묻는다 보충 수업을 묻고
대학을 묻는다 엄마가 없는데 엄마에 대해 묻는다 빨간딱
지는 묻지 않고 라이더 알바에 대해 묻는다 가만히 있으면
시건방져 보여서 뭐라고 해야 할 것 같은데 말하기 싫다
말없이 내 어깨를 툭툭 쳐 주는 것도 싫다

가로등

강한 불빛 때문에 내가 보이지 않는다 센 척 껄렁껄렁 짝다리를 짚고 지나가는 사람들을 훑어보지만 모두 위장일 뿐! 솔직히 밤이 무섭다 새벽이 밝아 올 때까지 나는 혼자서 어둠을 밀어 내며 견뎌야 한다 잠깐이라도 졸았다가는 어둠에 먹혀 버릴지도 모른다

알람 소리

쇠붙이를 붙인 구두를 신고 우박이 춤을 춘다 따라락 딱
딱따라라라라락 딱딱 따락따락!
얼마나 흥겹게 춰 대는지 곁에 있던 나뭇잎도 어깨춤을
춘다

따라락 딱딱 따라라락! 땀으로 번들거리는 이마를 닦으
며 따라락 딱 딱따라라라라락 딱딱 따락따락!

구두가 떨구고 간 소리가 곤하게 자고 있던 아빠를 깨운다

으음, 벌써 일 나갈 시간인가! 찌뿌드드한 새벽의 뼈마
디를 맞추듯 기지개를 켜며 아빠가 일어난다 부스럭부스
럭 아침이 시작된다 따라락 딱딱 따라라락!

옥탑방

옥상 한쪽 스티로폼 화분에
쥐똥나무 개망초 토끼풀이 제멋대로 자라 있다

집 나온 벌 두 마리가
꽃 사이를 잉잉거리며 돌아다닌다

헉헉 계단을 오르내리며
이삿짐을 나르는 아빠와 나처럼
꽃향기를 쫓아 수만 리를 날아왔을 벌들

지하 단칸방에서 옥탑방으로
세 번째 이사를 마치고

아빠와 나는 평상에 눕는다
꽃 속에서 배를 채운 벌 두 마리처럼

라이더 알바

1

패스트푸드점 라이더 알바를 시작했다 한 번 알바를 나
갈 때마다 두세 집을 묶어서 나간다 시간 차 때문에 마지
막 집까지 식지 않게 배달하려면 전력 질주 해야 한다 나
한테 주어진 시간은 30분 그 안에 배달을 끝내야 한다 오
토바이에 앉으면 피가 도는 속도가 빨라진다 시동을 걸면
카운트다운이 시작된다 30분! 굶주린 사자 무리에게 쫓기
듯 달려야 한다 차선을 무시하고 신호를 위반하고 경찰을
따돌리며 달려야 한다 30분을 맞추기 위해 죽을힘을 다해
달려야 한다 먹고살기 위해 달려야 한다 빨간딱지가 엄마
까지 쫓아낸 마당에 아빠마저 떠나면 안 되니까 브레이크
를 밟으면 안 된다 빨간딱지가 제풀에 떨어져 나가도록 힘
껏 달려야 한다

2

탱자나무 같은 바람 속을 달린다 얼굴이 긁히고 팔죽지
가 긁히고 다리가 긁히고 내가 가야 할 길들이 긁히는데
나를 구하러 오는 사람은 아무도 없다 눈물이 달린다 얼

어 버린 눈물이 눈발처럼 달린다 곡예하듯 달려서 인터폰을 누르면 "왜 이렇게 늦게 왔어." 간신히 현관으로 들어가면 "다 식었잖아. 다시 가져와." 그 말을 듣지 않기 위해서 달리고 달려야 한다 달리다 보면 보고 싶지 않은 풍경들이 빠르게 사라진다 나를 아프게 만드는 풍경들이 잽싸게 자리를 피해 준다

주술 관계에 밑줄 긋기

　지문을 밀어내고 들판을 펼친다 별빛이 쏟아지는 드넓은 들판

　키 작은 풀들이 살랑거린다 잡목 사이를 뛰어다니던 토끼는 보이지 않고 언덕은 무덤처럼 가만히 엎드려 있다 휘리릭 바람이 몰아치자 언덕이 사라진다 들판이 사라진 자리에 새로운 영어 지문이 빼곡하게 들어찬다

　잡생각을 쫓기 위해 경쟁이라는 각성제를 먹고 주술 관계의 구성 성분을 생각한다 익숙한 단어 익숙한 문장이 독해가 되지 않는다 불안을 한 챕터씩 묶는다 밑줄을 긋고 핵심을 요약한다 불안은 전지적 작가 시점이었다가 일인칭 관찰자 시점이었다가 일인칭 주인공 시점으로 둔갑한다 사지선다형이었다가 오지선다형이었다가 주관식이었다가

　나는 불안을 쫓기 위해 휴대 전화를 켠다
　몇 개 온 문자를 씹고

간 문자는 씹히고

음악 채널에서 빈지노의 노래를 듣다 시시껄렁한 영상을 보고 낄낄거리다 화자가 불분명한 댓글을 읽다 불안에 맞설 돌멩이 몇 개를 주워 주머니 속에 넣어 둔다

악몽, 꺼져 줄래?

　지하철을 탄다 사람들이 탄다 역을 지날 때마다 꾸역꾸역 탄다 아빠와 엄마는 자꾸 안쪽으로 밀려 들어가고 나는 짐을 올려놓은 좌석에 어정쩡하게 앉는다 내릴 역이 가까워진다 아빠와 엄마는 보이지 않는다 내릴 역을 알고 있으니 알아서 내리겠지 짐을 챙긴다 혼자 들기엔 너무 많다

　역에 도착했다는 방송이 들린다 가방을 들고 메고 돌아서려는데 좌석 밑에 아빠의 점퍼가 떨어져 있고 점퍼 밑에는 엄마가 읽던 책이 떨어져 있다 문이 열린다 다급해진다 내려야 한다고 소리를 치며 문 쪽으로 간다

　사람들은 비켜 주지 않는다 문이 닫히려고 한다 다급해진다 사람들을 헤집으며 빠져나가려 해도 발이 떨어지지 않는다 내려야 한다고 재차 소리쳤지만 소용없다 문이 닫힌다 지하철은 출발하고 나는 내리지 못했는데 엄마 아빠는 분명 내렸을 텐데 나는 지하철 안이다 닫힌 유리문을 아무리 두드려도 열리지 않는다

지하철은 점점 속도를 높인다 이 짐만 없었더라면 이 짐
이 문제야 이 짐이 문제라고! 그 소리에 잠이 깬다 아직 새
벽녘이다

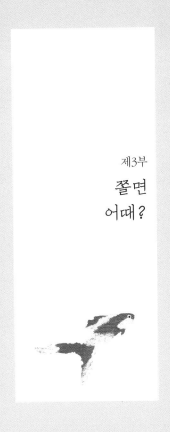

제3부

쫄면
어때?

비밀

주방 구석에 있는
콩나물시루
물을 주겠다고
자꾸 열면 안 돼

까만 보자기로
꼭꼭 덮어 놓아야 해

해님에게 들키면
무서워서 달달달
얼굴이 파래질 거야

그러니까
달
달
달

달님이 떴을 때만

사알짝

쉿!

목련나무

등나무야
나를 철사처럼 친친 휘감고 올라가서 본
하늘엔 뭐가 보이니?

네가 내 목을 조르며
보라색 등꽃을 피우는 동안

겨드랑이를 타고 자꾸 식은땀이 흘러
다리가 후들거리고 숨이 막혀

네가 내 몸에 남겨 놓은 흉터에는
이제 새가 날아오지 않고
햇빛이 들지 않아

등나무야
나를 움켜쥔
징그러운 덩굴손을 조금만 풀어 줄래?

맑고 파란 바람이 느껴지게
흰 구름 같은 꽃을 피울 수 있게
나한테서 조금만 떨어져 줄래?

내 자리

1

나는 올해로 열여덟 몹시 바쁜 나이 나는 신경질적이고 머릿속은 쓸데없이 번잡하지만 덩굴장미처럼 질서 있게 뒤엉켜 있다 그런 나를 무질서로 단정 짓는 담임 선생님이랑 두 달째 대치 중! 나는 조용히 있지만 전혀 조용하지 않다 나는 아직 어디에도 쓰이지 않은 모래 폭풍 같은 멜로디 힙합을 좋아하지만 튀는 건 질색이다

2

늦게 갔는데 앞자리에 앉아야 하는 게 싫다 무표정하게 호명되는 게 싫다 왼쪽 발에 오른쪽 신발을 신은 것처럼 아무 때나 바락바락 소리치고 싶어지는 내가 싫다

3

다시 태어난다면 모래 폭풍과 장미 중 무엇을 고를까? 어느 것을 고를까요 알아맞혀 봅시다 딩동댕동 띠까뽕 척척박사님~ 이런 나를 보며 선생님은 또 한 말씀 하신다 시험이 낼모레인데 도대체 생각이 있니 없니? 아유, 짜증

나! 이럴 땐 가정 통신문처럼 구겨져 있어야 하나

4

교실엔 하나로 붙인 스물여섯 개의 책상과 의자 그리고 복도엔 자기 자리를 찾지 못한 의자 두 개 18년 내 인생 책상과 의자를 빼면 남는 게 없다 유치원 때부터 나를 길들여 온 책상과 의자! 책상에 다리를 올려놓고 의자 등받이에 기대어 앞뒤로 흔든다 의자는 덩칫값도 못 하고 자꾸만 삐거덕삐거덕 소리치고 특별할 것 없는 교실엔 격자무늬 창문 그림자만 검게 흔들거린다

쫄면 어때?

쫄깃쫄깃해 쫄면

일회용 용기에
돌돌 웅크리고 앉아 있는
쫄면 3인분

꿍얼꿍얼
억지웃음을 짓는

머리 떨어져 나간 콩나물과
젓가락에 꽂힌 계란 반쪽

시뻘건 양념을 뒤집어쓰고
사정없이 뭉개지는 쫄면

면과 면 사이
비굴한 이빨 자국이 늘어날수록
입 안은 얼얼해지고

아무리 물을 마셔도
매운 내는 가시지 않고

쓰레기통에 던져 버린 빈 용기만 봐도
얼굴이 화끈 달아오르는

연주 호신이 그리고 나
쫄면 3인분

분식집 뒷골목 후미진 구석에서
난생처음 맛본 인생의 쫄린 맛

수능일

잔잔한 수면 위로 눈만 내밀고

겁 많은 얼룩말이 가까이 오기를 기다리는 악어

한번 물면 절대 놔주지 않겠다는 듯

먹잇감을 낚아챌 만반의 준비를 하고

이빨을 드러내며 실실 웃고 있는 악어

고양이 싸움

토네이도 두 개가
한 몸이 되어 빙빙 돈다

곤히 자던 일요일 아침을
사정없이 길바닥에 내동댕이친다

야아옹 야아아아오오옹

골목을 찢으며
발톱을 세우더니

또다시 고래고래
흙먼지를 일으킨다

하루가 멀다 하고

믹서기

누군가 플러그를 꽂는다

쟤네 엄마 도망갔다며 땅에 떨어진 붉은 비트를 쪼아 대는 멧새들

믹서기가 돌아간다 풍경이 술렁거린다 귀를 틀어막아도 들리는 쑥덕거리는 소리 속이 메스껍다 믹서기가 돌아간다 1단 2단 터져 버릴 것 같은 머릿속을 비우기 위해

믹서기가 돌아간다 회전 폭이 걷잡을 수 없게 커진

믹서기가 돌아간다 빠른 비트를 따라 가속도가 붙는다 엿같은 기분으로

은회색 테두리 안에 갇힌 익숙한 풍경 교정의 나무들은 너무 쉽게 흔들리고

우리 엄마가 너랑 놀지 말래 4단으로 믹서기가 돌아간다

휑한 마음을 빙빙 비트빛으로 돌리며 욕설이 날아간다 주먹이 날아간다 뒷발이 날아간다 내가 지나간 자리를 난장판으로 만든다 나는 엄마 없는 한 부모 가정! 가슴에 맺힌 응어리를 갈아 버리지 못하고

푸— 한숨을 날리며 3단 2단 1단 제풀에 지쳐 회전을 멈춘다 내가 원하는 풍경은 이게 아닌데 광란은 정적으로 끝이 난다

애매한 인생

　찢어진 종이 같은 눈이 날린다 운동장을 백지로 만든다 이제 곧 겨울 방학이다 휴식 같지만 더 빡센 시간이 기다린다 아득바득 달려 봐야 5등급에서 간신히 4등급 찍고 다시 5등급 선생님들은 진짜 특기는 놔두고 가짜 특기에 죽자고 매달리라고 부추긴다 특별 관리는 1등급뿐이고 나같이 애매한 등급은 안중에도 없으면서… 눈물이 나는 건 찬 공기에 코끝이 시리기 때문이겠지

불안

창가에
오래 앉아 있으니
내 몸에서도
따뜻한 햇빛 냄새가 난다

이달의 식단표

꼼꼼하게 식단을 살피며
노란 형광펜으로 밑줄을 긋는다

메뉴는 단번에 인기와 비인기로 갈리고
급식실에 일찍 가야 하는 날
늦게 가도 되는 날
안 가도 되는 날이 정해진다

오늘은 급식실에 늦게 가도 되는 날
새 모이만큼 급식을 받아 들고
자리에 앉는다
밥알을 세다 깨지락깨지락 일어선다

토르티야피자 아몬드간장치킨 단호박돈육크로켓
파프리카 브로콜리 상추보다 낫지만
이름에 낚여 식탐을 부렸다가는 큰코다친다

엄마들이 정성껏 했다는 급식 모니터링은

왜 번번이 내 입맛과 어긋나는지

엄마들의 모니터링 결과를
잔반통에 쏟아 버린다

급식 시간이 끝나기 전에
편의점이나 다녀와야겠다

노란 형광펜이 필요 없는 편의점 급식
향긋한 유채꽃 길을 상상하며
얼른 뛰어야겠다

뺑식이가 다가온다

교문에 들어서면 공기가 뻣뻣해진다 햇살마저 사선으로
굳어 가는 게 보인다

급수대 옆에 학생 부장 선생님이 보인다 일명 뺑식이!
입만 벌렸다 하면 다 뺑인데 진짜 실감 난다 뺑식이 앞에
만 서면 저절로 눈이 바닥에 붙어 버린다 뺑식이는 맨날
트레이닝복에 막대기를 휘두르고 다닌다 하지만 한 번도
막대기를 써먹은 적은 없다 그냥 폼이다 어쩌다 탁! 손바
닥을 내리치며 겁을 줄 때도 있지만 단지 그뿐이다 오늘도
어김없이 뺑식이는 막대기와 한 세트로 학교를 샅샅이 순
방 중이시다

거기, 신주희!
나도 안다 내가 신주희라는 것을 심장은 벌써 뺑식이와
의 거리 측정이 끝났다 어디 도망갈 데도 없는데 천천히
좀 와라! 교복도 입었고 단추도 잘 잠갔고 틴트는 안 발랐
다 걸릴 게 없는데 왜 자꾸 심장이 쫄깃쫄깃해지는 걸까?
아 맞다! 야자 튄 거 또 걸린 건가 하여간 귀신도 두 손 들

능력자다 이러니까 내가 삐뚤어지지 쓸데없이 성실하고 근엄하신 우리 학생 부장 선생님! 어라? 어울리지 않게 웃는다

　신주희, 왜 불러도 대답이 없어? 우리 반에 가서 이연주 교무실로 오라고 해
　후유― 다리에 힘 풀린다 오늘은 연주가 뻥식이 밥인가?

불치병

배가 너무 아팠어 오늘이 처음은 아니야 얼마 전에도 그랬거든 뭔가가 배 속을 배배 꼬아 뒤트는 것 같기도 하고 바늘로 찌르는 거 같기도 하고… 배가 딱딱하게 뭉칠 때는 콩벌레처럼 몸을 둥글게 말고 데굴데굴 굴렀지 달리 방법이 없었으니까

처음엔 대수롭지 않게 생각했어 그런데 통증이 반복되니까 점점 무서워지는 거야 간신히 통증을 참으며 손으로 살살 문지르는데 커다란 혹이 만져졌어 등골을 타고 식은 땀이 흘렀지 이렇게 잡힐 정도면 이건 분명 큰 병이구나! 손이 덜덜 떨렸어 종양 아닐까 악성 종양이면 얼마 못 사는데 이제 내 나이 열여덟! 머릿속이 하얘졌어 속은 계속 메슥거리고 밥도 제대로 먹지 못해 기운도 없었지 조만간 죽는다는 생각을 하니 눈물이 앞을 가려서 아무것도 손에 잡히지 않았어

통증은 점점 심해졌고 그만 수업 도중에 쓰러지고 말았어 놀라서 소리치는 친구들을 뒤로하고 선생님과 구급 대

원은 나를 구급차에 태웠지 구급차는 요란한 사이렌을 울리며 응급실로 달려갔어 어렴풋이 의사 간호사 선생님이 왔다 갔다 하는 모습을 보았어 담임 선생님이 엄마한테 전화하는 소리가 떠듬떠듬 들렸지 이미 각오하고 있었기 때문에 두렵지 않았어 나에게 주어진 짧은 생을 순순히 맞아주자!

의사 선생님이 오셨어 의사 선생님도 나처럼 차분하셨지

결과가 나왔는데요 배 속에 변이 꽉 차서 바로 관장할 거예요

으악!

제4부

난 혼자가
아니야

따봉충

길고양이 집사님 사칭 계정에
관종 짓을 위한 새 게시 글이 추가됐습니다

　폐지 줍는 할머니한테
　중딩들이 담배 심부름을 시켰대요
　오백 원 주면서…

　인성 쓰레기!
　혼내 주기를 바란다면 좋아요 댓글
　많이 많이 남겨 주세요
　지어낸 얘기 아니에요

　#좋아요_구걸_ㄴㄴ
　#최고예요_10초_안에_누르면_정의의_사도
　#멋져요_누른_사람_이모티콘_쏠게요

남아공 님 외 78명이 게시 글을 좋아합니다
자!벌레 님 외 31,028명이 게시 글에 공감했습니다

확찐자 꾸안꾸 깐부 님이 게시 글에 댓글을 달았습니다

ZONE

이곳은 자퇴하기 전
민진이가 자주 가던 공원

기괴한 일진 놀이에 빠져
으스대는 길고양이 서식지

이곳은 안경알에 비친
비 그친 여름
홍수에 떠밀려 온 쓰레기통

놀 줄 아는 고양이
한 마리 두 마리
모여드는 어두운 골목

민진이는 쓰레기통 주위를
기웃거리는 길고양이

밥을 주기도 하고

밥이 되기도 하면서

무언가를 찾고 있었지
무얼 찾는지도 모르면서

이곳에 있으면 불안이 사라지고
허기가 사라져

이곳은 붕붕 날아다니는
웹툰 무협지

이곳에서 민진이는
악다구니 치다 잠드는 밤

유리창

꿋꿋하게 서 있지만
지금도 네 속이 훤히 보여

네가 공터에서 날아온
돌멩이에 맞던 날

와장창 깨져
바닥에 쓰러져 있던 널

발로 툭 건드려 보던
저녁노을

예전의 너로 돌아오기는
다 글러 버렸다는 걸 알면서도

우두커니 보고만 있던 날
부끄러워서 고개를 쳐들 수 없던 날

잇어 줘

미안해 친구야

풋

풋사과를 먹다 풋 ― 씨를 뱉으며 풋하늘 풋여름 풋향기
는 없을까?

풋

좀 설익은 맛 그래서 시고 떫지만
조금만 기다려 주면 잘 익은 봉숭아 씨주머니처럼
탁 터져 버릴 웃음소리 같은

풋

풋바람을 따라 내가 가야 할 풋지형도를 그려 본다 어디
로 가야 할지 갈피를 잡지 못하는 풋생각을 따라 물귀신
같은 버드나무를 지나 연못 위에 동동 떠 있는 연잎을 가
만히 밟으면 풋 ― 풋 ― 빠져드는 상큼한 오월 같은

풋

콧잔등 위로 내려앉은 햇살처럼 풋 — 풋 — 입바람을 불
어서 날리면
　길고양이 꼬리에 매달려 살랑대는

　풋

허세 많은 늑대

우리 학교에 허세 많은 늑대가 왔어
무섭게 생겼다고 했더니
"난 풀만 먹어서 아주 온순하거든" 이러는 거야

풀 먹는 늑대는 처음 본다고 했더니
씨익 웃으며 어제는 학교 주변을 순찰하다가
일 대 칠로 멧돼지와 붙었다나

여기는 멧돼지 출몰 지역이 아니라고 했더니
애들이 겁먹고 말을 안 해서 몰랐을 거래
그러면서 멧돼지가 괴롭히면
자기한테 죄다 일러바치래
사실 자기는 늑대로 변장한 경찰이라나
자기를 만난 게 천운이라며
매애애애애애애애애 허세를 부리는 거야

늑대 행세를 하는 양이 아니냐고 했더니
테이저건을 살짝 보여 주면서 한번 만져 보래

자기는 백 미터를 8초에 끊을 수 있대
격투기 선수도 했다며
전화만 하면 늦은 밤에도 번개처럼 달려오겠대

혼자가 아니야

암막 커튼을 젖히며
눈부신 햇살을 쏟아 내는 그 말!

넌 혼자가 아니야
선생님의 말이 입 안에서 사탕처럼 굴러다녀
세상에서 가장 달콤한 사탕!
천 개쯤 있었으면 좋겠어

넌 혼자가 아니야
조랑말처럼 다가닥다가닥 소리도 경쾌해
몸집은 적당하고 꼬리는 탐스러워
철퍼덕철퍼덕 똥도 잘 쌀 거 같아

넌 혼자가 아니야
읊조릴 때마다 바닥에 떨어진
종이 쪼가리 같은 내 몸이
나풀나풀 날아올라

노랑나비 흰나비 이리 날아오너라
넌 혼자가 아니야
창문을 열고 높은 담장도 폴짝 뛰어넘어
창공으로 날아올라

넌 혼자가 아니야
사방이 확 트인 구름 해먹에 누워 흔들흔들

밑도 끝도 없는 배짱이 생겨나는 그 말
나는 혼자가 아니었어!

시작

내가 본 것 중에 최고야

그 어느 수작보다
걸작보다
가장 멋진 작품

시작은 시작과 동시에
대작의 끼를 보여 줘

시작을 안 했다면
세상에 나라는 명작은 없을 거야

백일홍

나는 노란 꽃 자주 꽃 하얀 꽃
지기 위해 태어난 꽃, 아니 아니

햇살을 받으면 아름다운 겹꽃으로 피어나
햇살보다 먼저 도착한 환삼덩굴이 내 발목을 잡아도

나는 노란 꽃 자주 꽃 하얀 꽃
초여름부터 피기 시작하는 꽃

꽃밭에 모여든 햇빛이 모두 돌아가고
저녁이 어두운 노래를 부르며 꿈을 접어도

나는 백 일 동안 피는 꽃
백 일이 지나면 열매로 남는 꽃

달빛 맛집

운동장에 달빛이 환하게 켜져 있다 달빛 하얀 천을 들추면 다리 하나가 없는 의자와 보라색 코가 달린 등나무 밑에 혼자 남겨진 길고양이 등줄기가 예쁜 트랙 골대 옆에 빈 깡통

깊은 밤 쓸쓸한 밤
안경을 벗고 마스크를 벗고 이름을 불러 주는 밤

손때 묻은 추억들이 달빛 이불 속에 발을 집어넣고 도란도란 얘기 나눈다 한 계절 잘 살았다고! 정말 신나고 즐거웠다고! 오늘도 운동장엔 달빛이 환하게 켜져 있다

팝콘

달궈진 냄비 안에 옥수수 알갱이를 담는다

처음이라는 기름을 붓는다 첫 만남 첫인상 첫마디 첫발

생각은 목련 가지처럼 수십 개의 방향으로 벋어 나가고
옥수수 알갱이는 노릇노릇 튀겨진다

고소한 밀실에서 칸칸이 입을 벌리는 봄밤
탁 타다닥 탁 탁 타다닥 팝콘 튀는 소리에 잠이 오지 않
는다

영화관에서 그 애를 처음 만났을 때 그 애의 손가락이
살짝 스쳤을 때의 느낌! 태어나 처음으로 맛본 싱숭생숭
달콤한 사월

갓 튀긴 팝콘
한 옴큼 집어
입 안 가득 밀어 넣는다

PCR

1

박채람! 그 애는 내 중학교 동창

보건소 임시 선별 진료소에서 다시 만났을 때 채람이는 붙어 버린 내 입을 가위로 잘라 주고 종달새 두 마리를 넣어 주었지 비비쫑 비쫑비쫑 채람이는 말했지 "나는 언제 동풍에서 서풍으로 서풍에서 북풍으로 바뀔지 모르는 숲길이야"

2

채람이의 눈빛은 쉽게 뽑히지 않는 뿌리를 가지고 있었지 그때나 지금이나 나를 신경 쓰이게 만들었지 학원을 다녀온 토요일 오후 채람이는 낮게 떠오르는 먹구름을 가리켰어 나는 우기의 시간이 오지 않기를 바랐어 나는 찢어진 우산밖에 없었으니까! 그런 나를 보며 채람이는 입꼬리를 씰룩거렸지

3

채람이는 단 한 번도 "너를 이런 길로 이끌어서 미안

해!"라고 말한 적이 없었지 때론 명랑하고 때론 침울해 종
잡을 수 없는 아이! 늘 몇 발 앞서가며 내가 따라오는지 자
꾸만 뒤돌아보던 아이! 그때나 지금이나 하루도 빠짐없이
나를 서글프게 매혹시킨 아이! 단조로운 내 일상의 적막을
깨고 이상한 착각에 빠뜨렸던

첫사랑 1

그 애와의 치밀한 우연을 재연해 보는 것

뜻밖의 우연이 겹치고 겹치면 우연이 더는 우연으로 느껴지지 않는 것

우연이란 언제나 두려운 용기를 감당할 수 있어야 하는 것

당혹스럽지만 절대 자연스러움을 가장할 것

부담스럽지 않게 천 원에 세 곡 동전 노래방의 노래 같은 것

날마다 열여덟의 나이가 들쑥날쑥 빨갛게 정의되는 것

어쩌면 단단한 바위 앞에서 한 달 혹은 일 년 내내 망설이다 끝날지도 모르는 것

첫사랑 2

너무 일찍 사 놓은 장미가 시들어 가고 있다

사물함 위에 올려놓은 장미를 흘끔거리며

펼쳐 본 표시가 나지 않도록 로맨스 소설을 읽는다

꽃다발 리본처럼 책에 묶여 잠시 수능을 잊는다

괴물들의 속사정

오연경 문학평론가

> 엄마가 소리쳤어. "이 괴물딱지 같은 녀석!"
> 맥스도 소리쳤지. "그럼, 내가 엄마를 잡아먹어 버릴 거야!"
> 그래서 엄마는 저녁밥도 안 주고 맥스를 방에 가둬 버렸대.
> ― 모리스 샌닥,『괴물들이 사는 나라』

누구에게나 청소년기가 있다. 그러나 오래전에 지나갔거나 지금 겪고 있는 저 시기의 경험이 모두에게 똑같지는 않을 것이다. 그럼에도 청소년기라고 규정될 때, 그것에 '질풍노도의 시기'나 '주변인'이라는 학문적 설명이 주어지든 '중2병'이라는 세속적 표현이 주어지든 각자의 고유한 경험은 삭제되고 하나의 범주로 전형화된다. 게다가 언제부턴가 일상어로 자리 잡은 '중2병'이라는 명명은 전형화의 문제를 넘어선다. 성장의 고통과 격동을 아무도 못 말리는 병적 증세로 낮잡는 이 말은 청소년기에 깃든 진지한 고민과 감정을 희화화한다. 청소년 각자의 다양한 자기표현에 대해 '중2병'이라는 손쉬운 규정이 이해를 대신하고, 청소년 당사자는 '중2병'이라는 낙인이 싫어서 스스로도 이해하기 어려운 자기 내면을 숨기거나 부정한다. "이 괴물딱지 같은 녀석!"이라는 타자화는 청소년에게 '비(非)인간'의 자리를 부여하고 그들의 말을 들리지 않는 언어로 만든다. 그 유폐된 시간 동안 괴물이 회개하고 엄마 같은 어른으로 돌아오기를 바라겠지만 어림없는 일이다. 괴물은 "엄마를 잡아먹어 버릴 거야!"라는 기세로 자라 엄마와는 다른 어른이 된다.

괴물이 갇힌 세계

김현서 시인의 두 번째 청소년시집 『숨겨 둔 말』은 괴물이 갇힌 세계를 섬세한 눈으로 살핀다. 괴상한 사람을 비유적으로 일컫는 '괴물'은 괴물이 아닌 보통 인간을 염두에 둔 말이다. 이때의 보통 인간이 관습과 제도에 길든 사회화된 성인을 의미한다면, 괴물에 비유된 청소년은 아직 길들지 않은 존재, 사회와 충돌하는 뿔과 꼬리와 털을 지닌 존재라 할 수 있다. 그러니까 괴물이 갇힌 세계는 기성의 질서에 의해 억압된 세계, 그러나 그 질서에 의문을 던지며 꿈틀거리는 혼돈의 세계이다.

아저씨 손에 눌려
도마 위에 누워 있는 자연산 광어
거칠게 팔딱거린다

아저씨 손에 눌려
광어의 비늘이 벗겨진다
꼬리가 잘리고 지느러미가 잘린다

나 좀 내버려 두라고 몸부림쳐도
아저씨는 아랑곳하지 않는다

귀가 없는 아저씨 손은
거침없이 광어의 머리를 자르고
뼈와 살을 떼어 내며 노련한 손놀림을 이어 갈 뿐

광어는 아저씨 손아귀를 벗어나지 못한 채
떨어져 나간 자신의 살점을 바라본다

한 방울 한 방울
붉은 초장 같은 눈물을 흘리며

광어는 마지막 남은 힘을 모아

야들야들 팔딱댄다

―「무뚝뚝한 규율 아저씨」 전문

혼돈의 세계에 던져진 아이들의 처지는 도마 위에 놓인 광어의 이미지로 제시된다. 도마 위의 광어와 광어를 손질하는 손의 대비는 자유와 규제에 대한 전형적인 비유로 느껴진다. 하지만 "꼬리가 잘리고 지느러미가 잘린" 채 "나 좀 내버려 두라고 몸부림"치는, "떨어져 나간 자신의 살점을 바라"보는, "붉은 초장 같은 눈물을 흘리"는, "마지막 남은 힘을 모아" 팔딱대는 광어에게로 점차 몰입하게 될 때 시인의 시선이 머무는 곳이 어딘지를 알게 된다. 시인은 도마 위 광어의 몸짓, "귀가 없는 아저씨 손"에는 들리지 않고 "노련한 손놀림"에는 느껴지지 않는 그 간절한 몸짓에 관심을 두고 있다. 한때의 반항, 누구나 거치는 사춘기, 지나고 나면 아무것도 아닌 고통이 아니라 그 순간의 살점과 눈물과 몸부림, 결코 일반화될 수 없는 당사자의 내면에 닿아 보고자 하는 것이다.

누구나 한때가 있다 살구꽃이 피는 것도 살구꽃이 지는 것도 살구가 달리는 것도 앙상한 가지로 추운 겨울을 견뎌 내는 것도 다 한때다 살구꽃 대신 자두꽃을 꿈꾸는 것도 벌이 날아오고 벌레가 꼬이고 강풍과 폭설에 시달리는 것도 말썽도 응석도 다 한때다

그러나 한때라고 생각하는 매 순간 살구나무 뿌리는 안간힘을 다해 흙을 붙잡고 있었겠지

—「뿌리의 힘」 전문

청소년기의 경험은 누구나 겪어 봤고 이미 알고 있는 것으로 치부된다. '말썽', '응석'은 한때의 일탈에 주어진 일반적인 설명이다. 그러나 한때라고 불리는 매 순간의 '안간힘'은 결코 일반화될 수 있는 것이 아니다. 이해를 가장한 몰이해, 대화를 빙자한 설교는 아이들로 하여금 입맛을 잃고 마음을 닫게 만든다. "엄마들이 정성껏 했다는 급식 모니터링"이 "번번이 내 입맛과 어긋나는"(「이달의 식단표」) 이유도, "나를 무질서로 단정 짓는 담임 선생님이랑 두 달째 대치 중"(「내 자리」)인 이유도 여기에 있다. 꽃이 피고 지는 것이 변함없는 세상의 순리라 하더라도 뿌리의 고통은 변화무쌍한 지금 이 순간 각자의 몫이다.

폭력이라는 현상 너머 들리지 않는 말

청소년에게는 언어가 없다. 그들의 말은 제대로 해석되지 않

고 반항이나 침묵으로 쉽게 오독된다. 질서와 규율의 세계에서 청소년의 언어는 무질서하고 모호한 형태로 발화되거나 거칠고 서툰 몸짓으로 가시화되기 때문이다. 종종 그들의 마음은 논리적인 언어로 표현되지 못하고 공격적이거나 예측할 수 없는 행동으로 나타나기도 한다. 김현서 시인은 종잡을 수 없고 혼란스러운 마음이 폭력의 형태로 표출되는 위태로운 순간에 주목한다. 지갑을 털고 폭력을 행사하며 연주를 괴롭히는 민진이(「장난이라고」), 보복이 두려워 당하기만 하다가 경찰에 민진이를 신고한 연주(「두고 보자, 이연주」), 예서가 싫지 않으면서도 같이 욕하지 않으면 따돌림을 당할까 봐 욕을 퍼붓는 호신이(「욕받이」). 만약 학교폭력대책회의가 열린다면 이들은 각각 가해자, 피해자, 방관적 동조자로 분류될지 모른다. 하지만 민진이, 연주, 호신이에게 폭력이 남긴 상처는 그렇게 간단히 분류될 수 있는 것이 아니다.

미디어를 통해 보도되는 학교 폭력은 범죄의 프레임 안에서 다루어지며 겉으로 드러난 결과에만 관심이 쏠린다. "학교를 발칵 뒤집어 놓은 경찰차 사이렌처럼 일이 터지고 나서야 혼이 빠져 뛰어다니는 선생님처럼" 쫓기듯 요란한 문제 해결의 시간 뒤에는 "쉽게 수습이 안되는 일"(「두고 보자, 이연주」)이 남아 있다. "기괴한 일진 놀이에 빠져"(「ZONE」) 폭력으로 자기를 과시하다 학교를 떠난 민진이의 망가진 내면, "두고 보자"(「두고 보자, 이연주」)라고 적힌 민진이의 쪽지가 경찰보다

더 무서운 연주의 수치심, "그게 욕먹을 일이야"(「욕받이」)라는
자기 생각을 제쳐 두고 따돌림에 동참한 호신이의 부끄러움은
어떻게 수습할 것인가.

　자신의 불안과 허기를 어찌해야 할지 몰라 악다구니로 치닫
는 아이들은 자기 안의 낯선 괴물에 당황하여 서로에게 괴물이
되어 간다. 최근에는 위기 학생을 지원하는 'Wee클래스' 같은
상담 서비스가 도입되어 시행되고 있지만 진단, 상담, 치유, 보
호, 관리 등의 제도적 대응에는 좀처럼 아이들의 마음이 열리
지 않는다. 그들은 여전히 '언어 사각지대'에 놓여 있다. 김현
서 시인은 혼란스러운 아이들의 마음을 기성의 언어로 설명하
거나 섣불리 대변하는 대신 그들이 몸으로 말하는 방식, 언어
로부터의 소외 상태를 있는 그대로 보여 준다.

　　2
　성격 결손 부적응 우울… 선생님은 우리를 붙잡고 매일 문
제점을 캐낸다 비밀로 할게 걱정 말고 말해! 그러나 비밀은
순식간에 까발려지고 우리를 요주의 인물로 만든다 알 만한
사람은 다 아는 공공연한 비밀을 제공한 우리! 나는 자극적
인 행동을 하지 않기 위해 선생님 목에 두른 스카프 줄무늬
를 세며 시간을 때운다 하나 둘 셋 넷… 열… 열둘…

3

천장에서 따뜻한 불빛이 떨어진다 불빛을 툭 걷어차며 선
생님은 다리를 꼬고 자세를 잡는다 깍지를 끼고 내게 가시
돋친 주술을 건다 제자리로 돌려놓겠다는 말에 집 나간 엄마
가 떠오른다 나는 자극적인 행동을 하지 않기 위해 선생님의
까딱거리는 오른쪽 발밑에 왼쪽 발이 밟고 있는 희미한 불빛
을 본다

—「나는 정말 문제아일까?」 부분

상담 교실에서 아이들은 "성격 결손 부적응 우울" 중 하나로
분류된다. 마음의 위기를 진단하고 관리하는 제도의 손길이 화
자에게는 문제점을 캐내고 비밀을 까발리는 일로 받아들여진
다. Wee클래스의 취지나 목적과는 별개로 아이들의 세계에서
Wee클래스에 드나드는 것은 곧 "요주의 인물"로 공인되는 것
이나 마찬가지이다. 이곳에서 제대로 된 대화는 이루어지지 않
는다. 말을 하는 쪽은 주로 선생님이지만 "비밀로 할게 걱정 말
고 말해!", "제자리로 돌려놓겠다"라는 말은 화자에게 닿지 않
는다. 화자는 내내 아무 말도 하지 않은 채 "선생님 목에 두른
스카프 줄무늬를 세"거나 "선생님의 까딱거리는 오른쪽 발밑
에 왼쪽 발이 밟고 있는 희미한 불빛"을 바라보며 시간을 견딜
뿐이다. 선생님 앞에서 "자극적인 행동을 하지 않기 위해" 딴
청을 피우고 스스로를 감추며 어떤 쪽으로도 분류되지 않기 위

해 노력하는 것이다.

가족과의 관계도 다를 게 없다. "집 안에 들어오면 각자 자기 방으로 들어가 문을 띡 잠가 버"(「우리 가족」)리고, "바빠서 대답이 나가기도 전에 이미 다른 말을 하고 바빠서 대강대강 웃고 대강대강 훑어보고"(「바빠서」) 아무런 교감도 나누지 않는다. 아빠의 사업이 망했는데 "돈이 떨어진 주머니를 채우려 눈치도 없이 손을 내"(「빨간딱지」)밀거나 "엄마가 집을 나간 것보다 냉장고에 탄산음료가 떨어진 게 더 짜증 난다"(「도랑에 빠진 바퀴」)고 반응하는 화자는 정말 생각이 없는 것일까? 어쩌면 화자는 감당하기 어려운 현실의 문제, 자기 자신도 답답한 마음의 혼란 속에서 말을 잃고 생각을 잃어버린 것인지도 모른다. 센 척, 아무렇지 않은 척, 모르는 척, 생각 없는 척하는 모습 뒤에 감춰진 아이들의 곤혹과 외로움은 잘 보이지도 들리지도 않는다. 세상에 들리지 않는 괴물의 말은 선생님이나 가족에게 숨겨 둔 말일 뿐 아니라 대면하기 두려워 자기 자신에게도 숨겨 둔 말, 어두운 내면에 웅크리고 있지만 빛을 비추면 가만히 드러날 말이다.

감정이라는 진짜 괴물

김현서 시인은 성장과 치유의 서사를 만들기보다는 내면의 혼란과 정동을 보여 주고자 한다. 감정이나 마음은 논리적이고 분명한 말로 설명되기 어려운 것이다. 더구나 동요와 혼란의 한가운데에 있는 청소년기의 감정은 더욱 갈피를 잡기 어렵다. 김현서의 시는 이러한 감정에 동물이나 식물 또는 사물의 구체적 형상을 부여하여 자기 안의 어두운 구멍을 대면하게 해 준다. 거기에는 "이유도 모를 화"(「화가 날 때」), "확 찢어 버리고 싶은 충동"(「저녁이 깊어 간다」), "천 개 이상의 좌절"(「좌절의 말맛」), 온갖 "잡생각"과 "불안"(「주술 관계에 밑줄 긋기」), "엿같은 기분"과 "휑한 마음"(「믹서기」)이 도사리고 있다. 무섭게 몰아치듯 커졌다가 제풀에 지쳐 작아지는 이 구멍은 감정이라는 괴물이 사는 집이다.

아침에 일어나 세수할 때, 저녁이 어둠으로 깊어 갈 때, 학교에 갔다 돌아올 때, 영어 지문에 밑줄을 그을 때, 휴대 전화를 켜고 문자를 확인할 때 변덕스러운 감정은 시도 때도 없이 찾아온다. 감정은 "전지적 작가 시점이었다가 일인칭 관찰자 시점이었다가 일인칭 주인공 시점으로 둔갑"하고, "사지선다형이었다가 오지선다형이었다가 주관식이었다가"(「주술 관계에 밑줄 긋기」) 유형도 난이도도 그때그때 다르다.

1
패스트푸드점 라이더 알바를 시작했다 한 번 알바를 나갈 때마다 두세 집을 묶어서 나간다 시간 차 때문에 마지막 집까지 식지 않게 배달하려면 전력 질주 해야 한다 나한테 주어진 시간은 30분 그 안에 배달을 끝내야 한다 오토바이에 앉으면 피가 도는 속도가 빨라진다 시동을 걸면 카운트다운이 시작된다 30분! 굶주린 사자 무리에게 쫓기듯 달려야 한다 차선을 무시하고 신호를 위반하고 경찰을 따돌리며 달려야 한다 30분을 맞추기 위해 죽을힘을 다해 달려야 한다 먹고살기 위해 달려야 한다 빨간딱지가 엄마까지 쫓아낸 마당에 아빠마저 떠나면 안 되니까 브레이크를 밟으면 안 된다 빨간딱지가 제풀에 떨어져 나가도록 힘껏 달려야 한다

2

탱자나무 같은 바람 속을 달린다 얼굴이 긁히고 팔죽지가 긁히고 다리가 긁히고 내가 가야 할 길들이 긁히는데 나를 구하러 오는 사람은 아무도 없다 눈물이 달린다 얼어 버린 눈물이 눈발처럼 달린다 곡예하듯 달려서 인터폰을 누르면 "왜 이렇게 늦게 왔어." 간신히 현관으로 들어가면 "다 식었잖아. 다시 가져와." 그 말을 듣지 않기 위해서 달리고 달려야 한다 달리다 보면 보고 싶지 않은 풍경들이 빠르게 사라진다 나를 아프게 만드는 풍경들이 잽싸게 자리를 피해 준다
—「라이더 알바」 전문

이 시에는 아버지 사업이 망한 후 라이더 알바를 시작한 화

자의 힘겨운 현실이 드러나 있다. 30분 안에 배달을 끝내기 위해 "죽을힘을 다해 달려야" 하는 상황에는 여러 의미가 겹쳐 있다. "빨간딱지가 엄마까지 쫓아낸 마당에 아빠마저 떠나면 안 되니까" 가족의 생계를 위해 달리는 것이고, "나를 구하러 오는 사람은 아무도 없다"는 것을 알기 때문에 내 힘으로 슬픔을 잊기 위해 달리는 것이다. "먹고살기 위해 달"릴 때에는 "굶주린 사자 무리에게 쫓기"는 다급한 심정이고, 자기 자신을 구하기 위해 달릴 때에는 "탱자나무 같은 바람 속"을 달리는 것처럼 따갑고 아프다. 달리고 달려도 "다 식었잖아. 다시 가져와."라는 말을 듣게 되는 녹록지 않은 현실이지만 "보고 싶지 않은 풍경들"과 "나를 아프게 만드는 풍경들"을 자꾸자꾸 뒤로 보내다 보면 언젠가는 새로운 풍경이 나타날지도 모른다.

　　김현서 시인은 위태롭고 어두운 바닥에서 스스로를 끌어 올리는 아이들의 느리고 단단한 시간을 믿는다. "콩나물시루/물을 주겠다고/자꾸 열면" 안 되니까 "달님이 떴을 때만/사알짝"(「비밀」) 훔쳐보는 마음으로 기다려야 하는 것이다. 그들의 마음에 귀를 대면 이런 말이 들려올지도 모른다. "나를 움켜쥔/징그러운 덩굴손을 조금만 풀어 줄래?" "흰 구름 같은 꽃을 피울 수 있게/나한테서 조금만 떨어져 줄래?"(「목련나무」)

　　마음이 꽉꽉해질 때
　　불안해진 내일이

한판 붙을 태세로 깐족깐족 다가올 때
학교고 뭐고 다 때려치우고 싶을 때
그냥 그럴 때도 있는 거라고 말해 두자

속에서 들끓고 있는 분노를
하품처럼 쏟아 내고 싶을 때
지금의 방황에 대해
누구의 탓도 하고 싶지 않을 때
힘없이 벽을 내리치듯
그냥이라고 하자
그냥 한번 해 보자

—「그냥」 부분

'그냥'이라는 말은 당장 문제점을 찾고 원인을 분석하고 해결책을 모색하는 급급한 절차에 휩쓸리기 싫다는 말이다. 말하기 싫을 때는 그만 말하고 때로는 대충 얼버무리기도 하면서 이런저런 마음의 상태를 잠시 그대로 두자는 말이다. "그냥 그럴 때도 있는 거"라고 말하는 것이 꼭 무기력이나 방치를 의미하는 것은 아니다. '그냥'은 성의 없는 대꾸나 도망가는 핑계가 아니라 기다려 달라는 말, 어지러운 마음을 가라앉히기 위해 멈춤을 요청하는 말이다. "창가에/오래 앉아 있으"면 "내 몸에서도/따뜻한 햇빛 냄새가 난다"(「불안」)는 것을 알게 되는 것처럼 불안은 그렇게 다스려지고, 그때 '나'는 내 마음의 주인이 될 수 있다.

넌 혼자가 아니야

미숙함은 청소년만의 특성이 아니라 인간 자체의 본질이다. 뿔과 꼬리와 털을 지닌 괴물은 성인의 마음에도 살고 있다. 다만 자신의 일부로 잘 다스리고 제어하며 공존할 수 있게 된 것이 다를 뿐이다. 청소년기는 '낯선 나'와 마주하는 첫 만남의 시기이자 괴물과 대화하는 법을 익히는 기간이다. 청소년이든 성인이든 우리는 모두 '미(未)인간'이며 '인간'을 향해 가는 혼돈의 가운데에 있다. 각자의 내면은 누구도 함부로 열어 볼 수 없다 하더라도, 어둠에 먹혀 버릴지도 모를 위태로운 시간을 혼자서 견뎌야 하는 것은 아니다. "천 개의 칼을 가진 세상에서 버텨 내려면 천 개 이상의 좌절을 맛보아야 한다"는 문장을 읽을 때 "혀끝에 남아 있는 말맛"(「좌절의 말맛」)은 쓰디쓰지만, 세상에는 '좌절'을 발음할 때와는 전혀 다른 말맛도 있다.

암막 커튼을 젖히며
눈부신 햇살을 쏟아 내는 그 말!

넌 혼자가 아니야
선생님의 말이 입 안에서 사탕처럼 굴러다녀
세상에서 가장 달콤한 사탕!
천 개쯤 있었으면 좋겠어

넌 혼자가 아니야
조랑말처럼 다가닥다가닥 소리도 경쾌해
몸집은 적당하고 꼬리는 탐스러워
철퍼덕철퍼덕 똥도 잘 쌀 거 같아

넌 혼자가 아니야
읊조릴 때마다 바닥에 떨어진
종이 쪼가리 같은 내 몸이
나풀나풀 날아올라

노랑나비 흰나비 이리 날아오너라
넌 혼자가 아니야
창문을 열고 높은 담장도 폴짝 뛰어넘어
창공으로 날아올라

넌 혼자가 아니야
사방이 확 트인 구름 해먹에 누워 흔들흔들

밑도 끝도 없는 배짱이 생겨나는 그 말

나는 혼자가 아니었어!

—「혼자가 아니야」전문

　"넌 혼자가 아니야"라는 말은 사탕처럼 달콤한 말, "천 개쯤
있었으면 좋겠"는 말이다. 시인은 그 말의 맛이 정말로 입 안에
느껴질 것처럼, 그 말의 기운이 온몸에 전달될 것처럼 생생하
게 묘사한다. 이 시를 읽고 있으면 "넌 혼자가 아니야"라는 말
이 마치 주문처럼 내 심장을 덥혀 주고 몸을 가볍게 들어 올려
한없이 여유로운 리듬에 올라타게 해 주는 것 같다. "넌 혼자가
아니야"라고 가만히 읊조려 보자. "밑도 끝도 없는 배짱이 생
겨나는 그 말"이 주눅 들고 움츠린 아이들에게 스스로를 믿고
자신에게 맞는 속도로 걸어가도록 응원해 줄 것이다. "난 혼자
가 아니었어!"라고 크게 외쳐 보자. 세상이 활짝 열리는 것 같
은 시원한 그 말이 외롭게 갇혀 있던 세계에 빛을 비추고 들리
지 않는 말에 목소리를 주고 힘겨운 마음에 온기를 더해 줄 것
이다. 김현서 시인이 섬세한 손길로 빚어 이번 시집의 갈피마
다 숨겨 둔 말이 바로 이것이다.

시인의 말

학교 폭력이 날로 심각해지고 있다. 얼핏 코로나19 이후 학교에 가지 않으니 따돌림이나 괴롭힘 같은 문제는 줄어들었을 것이라고 짐작하겠지만 실제는 다르다. SNS 공간으로 옮겨 더욱 집요하게 괴롭힘을 이어 가고 있다. 폭력은 어떤 형태로든 상처를 남긴다.

시비를 걸어 분풀이하듯 주먹을 휘두르던 아이도, 잘못인 줄 알면서도 동참하지 않으면 자신이 욕받이가 될까 두려워 때로는 꼴통 짓도 하고 겉으로는 센 척 짝다리를 짚고 껄렁대던 아이도, 장난이라며 자행된 괴롭힘에 무기력하게 일상을 잃어버린 아이, 피해자가 위험하다는 걸 알면서도 모르는 척 지나쳤던 아이도 저마다 폭력이 남긴 상처로 고통스러워한다.

가해자가 기억이 나지 않는다고, 그런 적 없다고 말하는 것은 또 다른 폭력으로부터 자신을 보호하기 위한 최후의 방어막을 만들기 위함일 수도 있지만 가해자의 억눌린 분노나 우월감을 충족시키기 위한 행동이 얼마나 위험한 일인지 말해 주고 싶었다.

가만히 들여다보면 단 하루도 조용할 날이 없었던 학창 시절! 각자의 공간에 유폐된 고통을 끌어안고 끙끙거리는 아이들에게 부디 이 시집이 "넌 혼자가 아니야!"라고 내민 따뜻한 손이 되어 주길 바란다.

2022년 가을의 어느 날
김현서

창비청소년시선 42

숨 겨 둔 말

초판 1쇄 발행 • 2022년 11월 25일

지은이 • 김현서
펴낸이 • 강일우
편집 • 정미진 박문수
조판 • 이주니
펴낸곳 • (주)창비교육
등록 • 2014년 6월 20일 제2014-000183호
주소 • 04004 서울특별시 마포구 월드컵로12길 7
전화 • 1833-7247
팩스 • 영업 070-4838-4938 / 편집 02-6949-0953
홈페이지 • www.changbiedu.com
전자우편 • textbook@changbi.com

ⓒ 김현서 2022
ISBN 979-11-6570-113-0 44810